Johann Baptist Heinrich

Der selige Petrus Canisius: eine Predigt zur Feier seiner Seligsprechung gehalten im Münster zu Strassburg

Antigonos

Johann Baptist Heinrich

Der selige Petrus Canisius: eine Predigt zur Feier seiner Seligsprechung gehalten im Münster zu Strassburg

Unveränderter Nachdruck der Originalausgabe von 1865.

1. Auflage 2024 | ISBN: 978-3-38614-429-2

Antigonos Verlag ist ein Imprint der Outlook Verlagsgesellschaft mbH.

Verlag: Outlook Verlag GmbH, Zeilweg 44, 60439 Frankfurt, Deutschland, info@outlook-verlag.de
Vertretungsberechtigt: E. Roepke, Zeilweg 44, 60439 Frankfurt, Deutschland
Druck: Libri Plureos GmbH, Friedensallee 273, 22763 Hamburg, Deutschland

Der selige

Petrus Canisius.

Eine Predigt

zur Feier seiner Seligsprechung

gehalten

im Münster zu Straßburg

von

Dr. J. B. Heinrich,

Domcapitular und Professor der Theologie am bisch. Seminar zu Mainz.

Mainz,
Verlag von Franz Kirchheim.
1865.

Mainz, Druck von Florian Kupferberg.

Vorwort.

Wenn diese Predigt einen Werth hat, so besteht er darin, daß sie einfach jene Gedanken ausspricht, welche sich bei der Seligsprechung des sel. Petrus Canisius von selbst jedem gläubigen katholischen Christen aufdrängen. Das katholische Elsaß, wo der Selige, gleichfalls wenn auch nur vorübergehend wirkte, hat das Fest seiner Beatification im Münster zu Straßburg in einer, namentlich durch die außerordentliche Theilnahme des Volkes, großartigen und rührenden Weise gefeiert. Der Hochwürdigste Herr Bischof von Straßburg hatte mir die Ehre erwiesen, mich zu einer der deutschen Festpredigten einzuladen. Man hat nun gewünscht, daß ich diese Predigt drucken lasse — und so mag sie denn als eine kleine Erinnerung an die unvergeßlichen Tage jenes Festes dienen. Ich hatte ungefähr dieselben Gedanken bereits acht Tage früher auf der Kanzel zu St. Christoph in Mainz, wo die Beatificationsfeier am Geburtstage des sel. Canisius begangen wurde, ausgesprochen.

Heinrich.

Jesus Christus ist also nicht blos Lehrer, wie der moderne Rationalismus meint, nicht blos Sühnopfer für unsere Sünden, wie die Reformatoren des sechszehnten Jahrhunderts lehrten, sondern vor Allem der durch die Inkarnation der Menschheit eingepflanzte göttliche Weinstock, der jedem Menschen und der ganzen Menschheit ein neues, übernatürliches Leben verleihen will durch den heiligen Geist, durch welchen die göttliche Liebe ausgegossen ist in unsern Herzen[1] — die Liebe, ohne welche der Glaube todt ist[2] und wir selbst nichts anderes sind, als tönendes Erz und klingende Schellen[3]. Die Früchte aber, welche der heilige Geist in uns hervorbringen soll, sind die Werke der Liebe und alle Tugenden des Herzens Jesu; denn die Früchte des Geistes sind Liebe, Freude, Friede, Geduld, Milde, Güte, Langmuth, Sanftmuth, Treue, Mäßigkeit, Enthaltsamkeit, Keuschheit[4]. Christus, der Gottmensch, das göttliche Princip des übernatürlichen Lebens in der Menschheit, der Christ ein

---

1) Röm. 5, 5.
2) Jak. 2, 26.
3) 1 Cor. 13, 1.
4) Gal. 5, 22. 23.

neues übernatürliches Geschöpf in Christo — *nova in Christo creatura* [5]) — er der Weinstock, wir durch ihn lebendige Reb=
zweige dieses göttlichen Weinstockes, fruchtbar an Früchten
des ewigen Lebens: das ist das Wesen, das Wunder, die
Kraft, die Wohlthat des Christenthums!

In jenen Worten des Evangeliums ist aber auch das ganze
Verfahren Gottes mit der Menschheit, das grße und einfache
Gesetz ihrer Geschichte ausgesprochen. Wenn ein Rebzweig am
göttlichen Weinstocke keine Frucht bringt, dann nimmt ihn der
himmlische Weingärtner hinweg, oder vielmehr er gibt zu, daß
er sich selbst — zuerst innerlich, dann auch äußerlich — vom
Weinstocke trennt. Das ist das Gesetz der göttlichen Gerech=
tigkeit. Jeden Rebzweig aber, der in gutem Willen mit
Christus und seiner Kirche vereinigt bleibt und Früchte
bringt in Geduld [6]), den reinigt Gott mehr und mehr,
damit er immer größere und köstlichere Früchte bringe. Das
ist das Gesetz der göttlichen Erbarmung und Liebe. So hat
Gott den unfruchtbaren Judas vom Weinstock abgeschnitten,
den heil. Petrus und die anderen Apostel aber durch den
heiligen Geist und durch Kreuz und Leiden mehr und mehr
von aller Furcht und aller Liebe der Welt gereinigt, damit
sie wunderbare Früchte brachten, nach des Heilandes Wort:
Ich habe euch gesetzt, auf daß ihr hingehet und
Frucht bringet und eure Frucht bleibe [7]).

Was von den einzelnen Gläubigen, gilt auch von der
ganzen Christenheit: alle Nationen der Erde sollen frucht=
bare Rebzweige sein an Christus, dem Weinstock. Ist ja die
Kirche Christi nichts anderes, als dieser den ganzen Erdkreis
umrankende und alle Völker vereinigende und befruchtende
geheimnißvolle Weinstock.

O wie herrlich blühte er einstens im ganzen christlichen

-----

5) II Cor. 5, 17. Vergl. Eph. 2, 10.
6) Luc. 8, 15.
7) Joh. 15, 16.

Abendlande, durch ein ganzes Jahrtausend, seitdem von Rom ausgehend die ersten Glaubensboten das Wort und das Sacrament des Lebens, und zugleich mit ihnen die Schätze und Wohlthaten der vom Christenthum verklärten alten Cultur, zu den jungen germanischen und nordischen Völkern getragen hatten! Da konnte man wahrhaft von der heiligen Kirche, der Braut Christi, jenen Jubelpsalm [8]) singen: „Sie ist, o Herr, wie ein fruchtbarer Weinstock, der dein Haus umrankt, und wie junge Oelbäume sind ihre Kinder um deinen Tisch gepflanzt — ich meine die neuen christlichen Nationen, die Kinder der Kirche, die alle an demselben Tische mit dem lebendigen und lebenspendenden Fleische und Blute des Heilandes genähret wurden zum ewigen Leben. Mochte auch in jener tausendjährigen Gnadenzeit manch' rauher Tag und manche sturmvolle Nacht über den Weinstock Christi dahin ziehen; so hörte er doch nicht auf, in unerschöpflicher Fülle kostbare Früchte des übernatürlichen Lebens zu bringen. Mochten auch Kämpfe und Sünden die Menschen mannigfaltig entzweien; sie blieben doch Eins in dem Einen Christus, in demselben Sacramente seines Leibes, in der Einen Kirche, in der Einheit der Wahrheit und der allversöhnenden Liebe, die jede Wunde zu heilen vermag.

Als aber der sel. Petrus Canisius lebte, da war im christlichen Abendlande dieses höchste Gut der Christenheit zerstört, die Einheit des Glaubens und der Liebe in der Gemeinschaft der Kirche — diese heilige und beseligende Einheit, die Christus durch die Vergießung seines kostbaren Blutes gegründet [9]); zu deren Erhaltung er das allerheiligste Sacrament seiner Liebe eingesetzt, auf daß Alle Ein Leib und Ein Geist seien, die von demselben Brode essen [10]); für die er

----

8) Psalm 127.

9) Eph. 2.

10) I Cor. 10, 17.

in seinem letzten Gebet so feierlich gebetet: Ich bitte nicht
für sie, meine Apostel, allein, sondern für Alle,
die durch ihr Wort an mich glauben werden, da=
mit Alle Eins seien, wie du Vater in mir bist
und ich in dir bin, damit sie in uns Eins seien;
auf daß die Welt glaube, daß du mich gesandt
hast [1]). Sich losreißend von der Kirche und ihre gottgesetzte
Autorität abschüttelnd, trennte nun der Menschengeist Alles,
was Gott verbunden hat. Er trennte Schrift und Ueber=
lieferung und bekämpfte die Kirche Gottes durch den Buch=
staben der Bibel — als ob in einem Staate das Gesetz da=
durch erhöhet würde, daß man die Gerichte stürzt, welche
das Gesetz schützen und handhaben! — Er trennte Glauben
und Liebe, Gnade und Freiheit, und indem man den Glau=
ben für allein seligmachend erklärte, hielt man die Liebe und
die guten Werke für überflüssig zum Heile und glaubte
Gottes Gnade zu ehren, indem man die Willensfreiheit des
Menschen leugnete. — Wo immer aber dieser neue Geist und
diese neue Lehre Eingang fand, da wurde Alles, was in
den vergangenen Jahrhunderten das Heiligste und Unantast=
barste, was ein Gegenstand der Liebe und Verehrung ge=
wesen war, zum Gegenstande des Abscheu's und Entsetzens.
Die katholische Kirche erschien nun als ein Babylon der Gott=
losigkeit, ihr Oberhaupt, Christi Diener und Stellver=
treter, als der Antichrist, die heilige Messe, worin wir den
Opfertod Christi feiern, als Götzendienst, die Verehrung der
Heiligen, in welchen die Gnade Christi verherrlicht ist, als
gottesräuberische Abgötterei, die fromme Fürbitte für die Ab=
gestorbenen als Frevel, die Gelübde und der heilige Ordens=
stand als Verleugnung Christi und seiner Gnade. Und wie
in den Tagen der Sündfluth die Wasser der Tiefe höher und
höher stiegen und ihnen nichts widerstehen konnte, so wurden von
diesem Strome der Zerstörung Völker und Fürsten dahinge=

---

1) Joh. 17, 20. 21.

riffen; Städte, Provinzen, Königreiche trennten sich von der Kirche; Priester und Ordensleute verließen zu Tausenden Altar und Kloster und stellten sich an die Spitze des Kampfes gegen die Kirche; Theologen und Hochschulen, gegründet zur Vertheidigung der katholischen Wahrheit, wendeten die Waffen der Wissenschaft, die sie in der Schule der Kirche führen gelernt, gegen ihre Mutter. Auf Seiten Derer aber, welche der Kirche noch treu geblieben, war fast nichts wahrzunehmen, als Schwäche, Verwirrung und Ohnmacht; die Mittel menschlicher Klugheit, die man anwendete, um dem Uebel zu steuern, waren mehr geeignet, es zu befördern und unheilbar zu machen, als es zu heilen.

Da mochten wohl die Kinder der Kirche, unsere Voreltern, mit namenlosem Schmerze gegen Himmel blicken und fragen: O Gott! hast du denn deine Kirche verlassen? Soll denn der Weinstock, den du gepflanzt hast, gänzlich ausgerottet werden? Hast du deine Macht verloren, oder deine Liebe von deiner Kirche abgewendet? — Aber, ihr Kleingläubigen! lästert nicht in eurer Trübsal und fürchtet nicht. Gott hat nicht seine Macht verloren, sondern gerade jetzt übet er Macht mit seinem Arme [12]), die Macht seiner Strafgerechtigkeit; und er hat nicht seine Liebe abgewendet von seiner Kirche, sondern bald wird er zeigen, wie sehr er sie liebt und wie treu er seine Verheißungen erfüllt!

Wenn ein Rebzweig keine Frucht bringt, so wird er abgeschnitten vom Weinstocke. Das ging damals an einem Theile der Christenheit, an ganzen Völkern in Erfüllung.

Unaussprechliche Gnaden hatte das christliche Abendland empfangen und war von den Früchten des Christenthums satt geworden. Aber in den letzten Jahrhunderten, die jenen furchtbaren Ereignissen vorangingen, hatten viele Rebzweige angefangen unfruchtbar zu werden. In vielen Priestern hatte das Salz der Erde seine Kraft verloren; aus

---

12) Luc. 1, 51.

vielen Klöstern war die alte Heiligkeit entschwunden; Fürsten und Vornehme hatten den alten christlichen Sinn,
Bürger und Bauern die alte Frömmigkeit und Beschei-
denheit abgelegt; in allen Kreisen des Lebens nahm Ueppig-
keit und eine ungebändigte Selbstsucht überhand und
verschwand christliche Eintracht und christlicher Gemeingeist.
Mit der Vernachläßigung des Wortes Gottes riß Unwissenheit
und falsche Bildung, mit der Vernachlässigung der heiligen Sacramente Verwilderung der Herzen und der Sitten ein.
Hoffärtig und leichtsinnig wendete man sich zu eitlen Neuer-
ungen, verachtete das Ansehen der Kirche und ihrer heiligen
Lehrer, wurde in Denken und Leben weltlicher und fleisch-
licher von Jahr zu Jahr. Vergeblich hatte Gottes Langmuth es ertragen, vergeblich waren Heimsuchungen und Mah-
nungen an die Christenheit ergangen. Eine ungeheuere Schul-
denlast hatte sich angehäuft für den Tag der Abrechnung —
da begann der Herr die lau und weltlich gewordene Christenheit aus seinem Munde auszuspeien[13]) und die unfruchtbaren
Zweige abzuschneiden vom Weinstock; er ließ zu, daß die
Völker, welche der Wohlthat Christi sich unwürdig erwiesen, daß die Diener des Heiligthums, welche die Schätze
der Gnade vergeudet, sich lostrennten von der Kirche des
lebendigen Gottes — und sehr rasch und sehr umfassend war
das Strafgericht. Die Urheber der Trennung und des Abfalls glaubten in ihren gewaltigen Triumphen einen Beweis
zu besitzen, daß ihre Sache Gottes Sache sei: sie wußten
nicht, daß sie nur die schrecklichen Strafgerichte Gottes an
sich selbst und an der Christenheit in Vollzug setzten, um
dann, vom Weinstocke losgerissen, in der Wüste zu verdorren.

Aber weil so viele Zweige verdorren, deßhalb wird
der Weinstock selbst nicht zu Grunde gehen; denn er ist
göttlicher Natur. Eher werden die Quellen der großen

---

13) Apokal. 3, 16.

Ströme verfiegen, eher wird die Erde ihre Fruchtbarkeit und
die Sonne ihr Licht verlieren, als in der Kirche die Ströme
der Gnade verfiegen, als ihre Fruchtbarkeit erstirbt und das
Licht Christi in ihr verfinstert oder auch nur vorübergehend
verdunkelt wird.

Niemals schneidet der himmlische Weingärtner unfrucht=
baren Rebzweige vom Weinstocke ab, ohne zugleich die frucht=
baren, die im Weinstocke bleiben, zu reinigen, damit sie mehr
Frucht bringen und durch ihre Fruchtbarkeit aller Verlust
reichlich ersetzet werde. So geschah es auch in jener Zeit,
und es geschah in einem Maße, daß die Herrlichkeit jenes
Zeitalters größer wurde, als sein Elend und seine Trübsal
gewesen. Als die Christenheit aus tausend Wunden blutete,
da ergoß das Herz Jesu eine solche Fülle übernatürlichen
Lebens in diesen seinen verwundeten Leib, daß sie zureichend
war, eine neue christliche Welt in's Dasein zu rufen. Der
Heiland selbst übernahm die Sache seiner Kirche und zeigte
in dem Augenblicke, wo man dieselbe als das Reich des An=
tichrist verwarf, daß sie nie aufgehört hatte, seine Braut,
sein Leib zu sein, und daß sein heiliger Geist niemals sie ver=
lassen hatte. Denn wenn man die Zeit der heiligen Mar=
tyrer und Kirchenväter, d. h. die Zeit der ersten Bekehrung
der heidnischen Welt zum Christenthum ausnimmt, so gibt es
wohl in der ganzen Geschichte keine Periode, die so reich an
Wundern der Gnade, so fruchtbar an Früchten der göttlichen
Liebe und wahrer Heiligkeit war, als jenes Zeitalter.

Vergegenwärtigen wir uns nur flüchtig, was der selige
Petrus Canisius erlebte. Wenn sein ganzes Leben ein na=
menloser ununterbrochener Schmerz gewesen, wegen des großen
Abfalls von der Kirche, so konnte und mußte er dennoch, als er,
ein siebenundsiebzigjähriger Greis, diese Welt verließ, mit
Simeon sprechen: Nun lässest du, Herr, deinen Die=
ner in Frieden scheiden, denn meine Augen haben
dein Heil gesehen [14])! Ich habe gesehen, wie du Wunden

---

14) Luc. 2, 29. 30.

schlugest, aber ich sah auch, wie du sie wunderbar heiltest. Was hatte nicht Alles der sel. Petrus Canisius noch gesehen? Seine Augen hatten den heil. Philippus Neri, den Apostel Roms, gesehen und durch ihn die Hauptstadt der Christenheit in Tugend und Frömigkeit sich erneuern, und bald erblickte er — die größte aller Gnaden — einen Heiligen auf St. Petri Stuhl, den großen heiligen Pius V. Er hatte, als die Kirche aller irdischen und überirdischen Hilse entblößt schien, aus dem altkatholischen Spanien den heil. Ignatius, den Vater seiner Seele, hervorgehen und ein Kriegsheer apostolischer Männer der Kirche zuführen sehen. Aus demselben Lande sah er eine Schaar heiliger Seelen sich erheben, die mehr vom Himmel hernieder gestiegenen Seraphim und Cherubim, als Kin= dern der Erde ähnlich waren, und, von einer heiligen Theresia, einem heil. Johannes vom Kreuz, einem heil. Petrus von Alkantara geführt, die feindseligen Mächte durch Gebet und Abtödtung bekämpften, Waffen, die unter allen die stärksten sind und ohne welche selbst Worte und Werke von Aposteln wirkungslos wären. Hatte er in seiner Nähe Städte und Pro= vinzen von der Kirche sich trennen sehen, so sah er jetzt jenseits des Weltmeeres Königreiche und Völker, deren Namen vor= her unbekannt war, durch den heil. Franziskus Xave= rius und seine Genossen für Christus gewonnen. Er sah in Oberitalien und der Schweiz das mächtige Wirken des heiligen Carl Borromäus, des Vorbildes aller Bischöfe; er sah über Savoyen, über Frankreich und die ganze Welt bereits wie ein mildes Licht die Liebe und Weisheit des heil. Franz von Sales aufgehen. Und er sah noch weit Größeres: er sah die ganze Kirche sich verjüngen; er sah sie versammelt auf dem allgemeinen Concil von Trient, das nur in jenem ersten Concil von Nicäa, durch welches die Welt vom Arianismus errettet wurde, sein Seitenstück hat; er sah hier nicht blos die ewige und unvergängliche Wahrheit des katholischen Glaubens durch das unfehlbare Lehramt mit wunderbarer Klarheit ausgesprochen und mit unbesiegbarer

Kraft vertheidigt, sondern auch Alles, was heilige und vom
Geiste Gottes erleuchtete Männer für die Heiligung und Ver-
besserung aller Stände in der Kirche ersehnt, als Regel des
kirchlichen Lebens für die kommenden Zeiten festgestellt. Er
sah die in Verfall und Verachtung gerathene heilige Wissenschaft der großen katholischen Vorzeit sich verjüngen; sah die
christliche Welt mit Pflanzstätten christlicher Bildung und Tugend sich bedecken; sah die Auswahl der katholischen Jugend
unter der Leitung christlicher Lehrer und Erzieher als Hoffnung
einer besseren Zukunft heranwachsen — und die zwei schönsten
Blüthen und Vorbilder dieser Jugend, den heil. Aloysius
und den seligen Stanislaus, hat er selbst, jenen mittel-
bar, diesen unmittelbar, auf den Weg der Vollkommenheit
geführt. Wahrlich, glückselig die Augen, die alles dieses
sahen!

Doch noch weit mehr ist der sel. Petrus Canisius
deßhalb selig zu preisen, weil er diese glorreiche Wiedergeburt
der katholischen Christenheit nicht blos sah und miterlebte, sondern
weil er selbst unter jenen großen, heiligen, apostolischen Männer, wodurch Gott dieses Wunder seiner Gnade wirkte, nicht
einer der letzten, ja in einer gewissen Beziehung vor allen
anderen bevorzugt war. Denn er war es ja, den Christus,
der himmlische Feldherr, dorthin sendete, von wo das Uebel
der Trennung seinen Ausgang genommen, wo die Noth und
Gefahr am größten, die Hilfe am nothwendigsten und schwie-
rigsten war, nach Deutschland, um hier den zusammen-
stürzenden Bau des heil. Bonifacius zu stützen und wieder
herzustellen — daher auch in Wahrheit nächst dem heil. Bonifacius kein Mensch so sehr die Dankbarkeit, Verehrung
und Liebe des katholischen Deutschlands verdient, als unser
Petrus Canisius.

O gewiß, ein sehr großer und sehr heiliger Mann muß
Derjenige gewesen sein, den die göttliche Weisheit zu einem solchen
Werke auserwählte und der ein solches Werk so treu und so
vollkommen, als ein Werkzeug der göttlichen Gnade, vollbracht

hat. Gott selbst hat ihn zubereitet, gereinigt und geheiligt — und dann ihn gesetzt und gesendet, unzählige Früchte zu bringen. Das sind die Wege Gottes. Wenn er die Welt dadurch straft, daß er sie ihren eignen Willen frei vollbringen läßt, so bereitet er schon in tiefer Verborgenheit seine Heiligen, die dann das Böse in der Welt durch das Gute, das dem göttlichen Herzen Jesu entströmt, überwinden [15]).

Auf die erste Stufe zur Heiligkeit führte die göttliche Gnade unseren seligen Petrus, da sie ihn als einen achtjährigen Knaben, in der St. Stephanskirche zu Nymwegen vor dem Allerheiligsten Sacramente, mit sanfter Gewalt ergriff, ihm die Augen öffnete über die Verderbniß und die Gefahren der Welt und so mächtig zu Gott dem höchsten Gute hinzog, daß er mit vielen und inbrünstigen Thränen den Herrn bat, er möge ihm doch seine Wege zeigen [16]).

---

15) Röm. 12, 21.

16) „Ich war ein Knabe," schreibt Petrus Canisius in seinem Tagebuch, worin er besonders wichtige Erleuchtungen und Gnaben, die ihm Gott zu Theil werden ließ, aufzeichnete, „als ich in der Kirche zum heiligen Stephan in Nymwegen einmal betete und neben dem Hochaltar Deinen heiligen Fronleichnam, o Herr, auf den Knieen liegend anbetete; nicht vergessen kann ich der Gnade, welche Du mir, dem Knaben, damals verliehen hast. Denn voll Angst und nicht ohne Thränen, wie ich glaube, rief ich Dich an und eröffnete Dir mein Verlangen, indem ich damals schon, ich weiß nicht mehr wie, voraussah sowohl die Eitelkeiten, Verkehrtheiten und Tollheiten der Welt, als auch die zahlreichen Gefahren für mein Heil hienieden und im Jenseits und die Fangnetze, die allenthalben ausgespannt sind, so daß nur Wenige daraus zu entrinnen vermögen. Daher flehte ich Dich um Beistand in der Gefahr an und glaube jene Worte gesprochen zu haben: Deine Wege, o Herr, zeige mir, und über Deine Pfade belehre mich. Leite mich in Deiner Wahrheit und lehre mich, daß Du bist Gott, mein Erlöser. Auch später noch, als ich bei den Goldnen Martyrern (St. Gereon) zu Köln wohnte, fühlte ich innerlich, wie sich dieses Gelöbniß in mir erneuerte, so daß ich ängstlich flehte, es möchte mir durch die Führung Deiner Gnade ein sicherer und heilsamer Lebensweg gezeigt

Unter der Herrschaft dieser heiligen Furcht für sein See-
lenheil und dieser hohen und reinen Liebe Gottes brachte er
dann seine Jugend zu, und der Herr führte ihn aus dem Schooße
seiner gottesfürchtigen und begnadigten Familie nach dem heiligen Köln, wo er, ein lebendiger Rebzweig aus besseren
Zeiten, eine Schule alter katholischen Wissenschaft, und was
noch weit kostbarer ist, der Wissenschaft der Heiligen und des
innerlichen Lebens unter frommen und geistvollen Meistern [17])
fand.

---

werden. Ich glaube gewißlich, diesen Geist der Furcht und frommer
Kümmerniß hast Du, o Herr, erzeugt und bewahrt, damit das schlüpfe-
rige und ohnehin ausgelassene Alter an der Furcht gleichsam seinen
Meister und Hüter hätte und ich weniger auf schlechte Wege geriethe.“

17) Vor Allem ist hier zu nennen der gottselige Nicolaus van
Esche. „Daß ich auf meinen Lehrmeister, ja Vater Esche zurückkomme,“
schreibt er in seinem Tagebuch, „so preise meine Seele den Herrn und
vergiß nicht seiner Wohlthaten, daß er dir einen solchen Lehrmeister
und täglichen Mahner zur Frömmigkeit, der nicht das Meinige, sondern
mich und mein Heil liebte und darauf mit Fleiß bedacht war, gegeben
hat. Unter seiner Führung mißfiel ich mir immer mehr, um besser
Dir, o Gott, zu gefallen, den ich in jener Blüthe der Jugend noch zu
wenig kannte und fürchtete. Seine Rathschläge, Sitten und Beispiele
brachten meinen Sinnen gleichsam ein neues Licht. Sein Gewicht ver-
mochte in mir die unbedachtsamen Regungen und eiteln Begierden der
Jugend zu brechen und niederzuhalten; sein Umgang ließ mich die
übrigen Bekannten und Gesellschaften leicht vergessen. Keiner, so viel
ich weiß, war mir damals lieber und stand mir näher als er, und sein
Urtheil galt mir so viel als das eines Vaters. Nicht allein in der
Beicht erschloß ich ihm mein Inneres ganz und gar, und zwar öfters,
sondern auch jeden Abend vor dem Schlafengehen legte ich ihm in
offenem Zwiegespräche (so groß war mein Zutrauen zu ihm) meine
Vergehen, Thorheiten und was die Seele befleckte, vor, um ihm so als
meinem Richter Rechenschaft über die Fehler und wie der Tag zuge-
bracht worden, zu geben, auch wenn er es für gut fände, eine Buße
für meine Sünden zu übernehmen.“ Sein Genosse bei Esche war der
berühmte Laurentius Surius, der unter seiner Beihülfe zum
katholischen Glauben zurückkehrte und dann in den, auch von Cani-

Als aber in seinem dreiundzwanzigsten Jahre der rechte
Zeitpunkt gekommen war, da erhob ihn der Herr auf eine neue,
höhere Stufe der Gnade, und weil er mit bereitem Willen
und ganzer Seele diese Gnade ergriff, der Heiligkeit und der
Vollkommenheit. Es geschah Solches als er zu Mainz bei
dem Genossen des heil. Ignatius, dem ehrwürdigen Pe=
trus Faber, die geistlichen Uebungen machte, jene heiligen
Betrachtungen und Selbstprüfungen vor Gott, die einzig den
Zweck haben, die Seele von allen unordentlichen Neigungen
und Anhänglichkeiten gänzlich zu reinigen, ihr den göttlichen Wil=
len zu offenbaren und ihr Leben mit demselben vollkommen
in Einklang zu bringen. Wie neu geboren ging Canisius aus
den heiligen Uebungen hervor, mit der klaren Erkenntniß
seines Berufes und fest entschlossen, Jesu, dem Welter=
löser, in möglichst vollkommener Weise in der neu gegrün=
deten Gesellschaft, die dessen allerheiligsten Namen trug, in
freiwilliger Armuth, ewiger Keuschheit und heiligem Gehorsame
nachzufolgen. Dieses Gelöbniß legte er am 8. Mai 1543, seinem
Geburtstage, in der St. Christophskirche zu Mainz mit
großer Freudigkeit ab, und von diesem Tage an hatte er keine
andere Sorge mehr, als sein Gelübbe mit ganzer Treue und nie
ermüdendem Eifer zu erfüllen. Deßhalb vertheilte er auch
alsbald, wie die großen Heiligen der Vorzeit es gethan, sein
ganzes ansehnliches Erbtheil unter die Armen, um des Erb=
theiles der Barmherzigen und der Armen theilhaftig zu werden.

Sich gänzlich von allem irdischen Besitze losschälen,
namentlich wenn man in Reichthum geboren ward, ist das
Zeichen einer großen und heldenmüthigen Liebe zu Gott, aber
noch etwas weit Größeres ist es, sich selbst gänzlich abzusterben
in vollkommener Demuth und einfältigem Gehor=
sam — und auch auf diese Stufe erhob ihn bald die göttliche
Gnade zu Rom, als er unter der Leitung des heil. Ignatius

---

fius wegen seiner Liebe zur Contemplation sehr geliebten Carthäuser-
Orden eintrat. Rieß, Canifius. S. 14.

selbst den letzten Theil seines Noviciates bestand, und hier eine
solche Freiheit des Geistes von jedem Eigenwillen, eine solche
heilige Gleichgültigkeit gegen alles Irdische, eine so vollkom=
mene Bereitwilligkeit, in Allem den göttlichen Willen zu thun,
erlangte — daß er, als sein heiliger und weiser Lehrmeister ihn,
der zum zweiten Apostel Deutschlands berufen war, in's ferne
Sicilien schickte, um den Knaben Schule zu halten, mit der
höchsten Freudigkeit diesem Befehle folgte — ein Zug, in welchem
Papst Gregor XVI. das unverkennbare Merkmal wahrer
Heiligkeit erblickte. Allein wie rein und heilig auch die
Seele des auserwählten Dieners Gottes bereits war, sie
sollte, ehe er sein Tagewerk begann, noch mehr ge=
reinigt und geheiligt werden. Als er nach Jahresfrist,
nach Rom zurückgerufen und nach Deutschland gesen=
det, in die Hände seines heiligen Vaters Ignatius die
großen Gelübde ablegte, da erwies ihm Gott eine neue
übergroße und bleibende Gnade. Er zeigte ihm nämlich, wun=
derbar und unvergeßlich, seine ganze menschliche Armseligkeit,
Nichtigkeit, Unwürdigkeit und durchbrang ihn mit einer grän=
zenlosen Geringschätzung seiner selbst; zugleich aber ergoß er
in sein Herz ein noch größeres Gottvertrauen, erfüllte ihn mit
einem unvergleichlich süßen und starken Geiste des Friedens,
der Liebe und der Beharrlichkeit und entzündete in seinem
Innersten das Feuer des apostolischen Eifers; Canisius fühlte
sich auf's Klarste und Gewisseste von den heiligen Apostelfürsten
Petrus und Paulus und von dem Herrn selbst gesendet, hin=
zugehen nach Deutschland, für dasselbe einzustehen, für es zu
leben und zu sterben [18]).

Und nun, nachdem der himmlische Weingärtner seinen
Auserwählten vollkommen zubereitet hatte, konnte derselbe
Frucht bringen; nun konnte er, unberührt von Hochmuth
und Eitelkeit, vor Fürsten und Völker hintreten und große

---

18) S. die hierauf sich beziehenden herrlichen Stellen aus dem Tage=
buch des sel. P. Canisius bei Rieß S. 78—80.

Dinge vollbringen; denn er suchte nichts, als allein die Ehre
Gottes und das Heil der Seelen, und erschien sich selbst um so
kleiner, je Größeres Gott durch ihn that; — nun konnte er
freudig allen Gefahren, aller Schmach, allen Trübsalen ent=
gegengehen; denn er wußte, daß Der, der in ihm durch seine
Gnade wohnte, stärker sei als die ganze Welt; — nun war sein
Auge klar, um alle irdischen Täuschungen zu durchblicken; nun
war sein Mund beredt, um zu sprechen wie Einer der Gewalt
hat, Gewalt über die Herzen; nun war sein Herz von unbezwing=
licher Stärke und unerschöpflicher Liebe, stets bereit und eifrig
allem Bösen zu widerstehen, alles Gute zu vollbringen, auf
Erden nimmer zu ruhen, nimmer sich zu zerstreuen, nimmer
zu genießen, sondern nur noch zu arbeiten, zu beten, sich zu
opfern: zu arbeiten mit höchster Aufbietung aller Kräfte des
Leibes und der Seele, mit sorgfältigster Benützung auch des
kleinsten Theiles seiner Zeit; zu beten mit tiefster Sammlung
und mit feuriger Inbrunst, unter vielen Thränen und mit
großer Beständigkeit; sich zu opfern in Geduld, in Mühseligkeit,
unter Verfolgungen, unter steten Sorgen und Schmerzen, in
strenger Buße und Abtödtung, bereit, immer noch mehr zu
leiden, und mit freudigem und aufrichtigem Verlangen selbst
nach dem Martertode. Und weil er so ganz ein Mann Gottes
war, so gelang auch das Werk Gottes in seiner Hand — wie
vom Gerechten im Psalm geschrieben steht: Was immer er
unternehmen wird, wird ihm gelingen[19]. Er hat durch
fünfzigjährige Arbeit fast alle jene Städte, Gauen und Länder
welche innerhalb der weiten Gränzen des einst so glorreichen
heiligen Römischen Reiches deutscher Nation dem alten ka=
tholischen Glauben heute noch treu sind, welche aber damals
vom Geiste der Neuerung durchsäuert, im Glauben auf's tiefste
erschüttert, in den Sitten schwer beschädigt, ja in den Strom
des Abfalls schon halb hineingerissen waren, gerettet oder
doch befestigt und hat Viele, die bereits Schiffbruch gelitten,

19) Pf. 1, 3.

in den Hafen der Kirche zurückgeführt. Er hat dem katholischen Volke, unseren Voreltern, jene Glaubenskraft und Glaubensfreudigkeit, jene innige und männliche Frömmigkeit, jene guten christlichen Sitten wiedergegeben, welche bis auf den heutigen Tag durch alle Umwälzungen, Verführungen und Verderbnisse nicht gänzlich zerstört werden konnten und immer noch unser Schatz und unsere Hoffnung sind.

Freilich hat er das Alles nicht allein gewirkt; aber von ihm, von seinem starken Glauben, klaren und geraden Geiste, liebeglühenden Herzen, eifervollen und geduldigen Wirken ist in deutschen Landen diese Wiederbefestigung und Erneuerung des katholischen Christenthums ausgegangen — und wie Viele auch mit ihm und nach ihm an demselben Werke gearbeitet haben, er darf dennoch an uns jenes rührende Wort des Weltapostels richten: In Christo Jesu bin ich euer Vater[20]). Ja so recht eigentlich der Vater unseres christlichen Volkes ist Petrus Canisius; hat er ja, wie ein halbes Jahrhundert lang persönlich, so in den folgenden Jahrhunderten und bis zum Beginne der neuesten Zeit die katholische Jugend deutscher Zunge durch seinen Katechismus mit der Milch der reinen Lehre ernährt und in christlicher Sitte erzogen.

Und siehe! heute tritt dieser unser Vater Canisius, nachdem wir seiner allzusehr vergessen, durch seine glorreiche Seligsprechung wieder mitten unter uns. Was will er? Gewiß will er vor Allem uns trösten und stärken. Denn wir leben wieder in einer Zeit, die mit der Zeit seines irdischen Lebens eine große Aehnlichkeit hat, ja in mancher Beziehung noch trauriger und gefahrvoller ist. Die unheilvolle Wunde der Spaltung, welche damals der Kirche geschlagen wurde, ist immer noch nicht geheilt; dagegen hat die dreihundertjährige

---

20) I Cor. 4, 15.

Trennung eines so großen und edlen Theiles der Christenheit von der Kirche ihre naturgemäße Frucht getragen: Schwächung, Untergrabung, theilweise Zerstörung des Christenthums. Während damals noch die Getrennten mit uns einig waren im Glauben an den dreieinigen Gott, an Christus den Gottmenschen, an unsere Erlösung von der Sünde durch seinen Tod, ist heute der Geist des Unglaubens, ein dem Christenthum feindseliger Geist, ein Geist der Verneinung alles Himmlischen und Uebernatürlichen, bis zur Leugnung Gottes und des ewigen Lebens, herrschender Zeitgeist geworden — und so groß ist die Macht dieses Geistes, so erfolgreich seine Wirksamkeit, und zwar nicht blos unter den von der Kirche Getrennten, sondern auch in den katholischen Völkern selbst, so erschüttert ist in Vielen der Glaube, so trostlos die religiöse Unwissenheit und Begriffsverwirrung, so weit verbreitet Leichtsinn und Sittenverderben, so gefahrdrohend sind die Verwickelungen, so heillos die aufgeregten Leidenschaften: daß wiederum Zaghaftigkeit und Zweifel manches Herz ergriffen hat und Manche schmerzvoll fragen, ob denn Gott seine Kirche verlassen und Alles dem Verderben übergeben habe! Da tritt nun der selige Petrus Canisius unter uns, wie ein Engel der Stärke und des Trostes. „Fürchtet euch nicht, ihr Kleingläubigen," ruft er uns zu, „Christus ist alle Tage bei seiner Kirche; vertrauet auf ihn; er hat die Welt überwunden! Vertrauet auch auf die Fürbitte seiner gebenedeiten Mutter; ich habe ihren Schutz erfahren. Zaget nicht wegen dieser Leiden und Kämpfe, wisset vielmehr, daß je schmerzlichere und geheimnißvollere Heimsuchungen die Kirche treffen, um so größere Gnaden für sie zubereitet sind. Auch gereicht nicht Kreuz und Kampf, sondern falscher Frieden, Verweichlichung und Verweltlichung der Christenheit zum Verderben. Kämpfet also den guten Kampf des Glaubens in Standhaftigkeit und Geduld; dann wird Gott den Sieg verleihen zur rechten Zeit."

„Aber kämpfet gut," fährt er lehrend und ermahnend fort, „machet es nicht wie so viele meiner Zeitgenossen es Anfangs machten: sie wollten mit Menschenwitz die Sache Gottes vertheidigen; selbst schwach im Glauben und im Gottvertrauen, meinten sie die Kirche zu retten, wenn sie sich dem Zeitgeiste möglichst anbequemten; durch Religionsgespräche, Zugeständnisse und Vermittelungen wähnten sie die Spaltung heilen, die Getrennten zurückführen und sich selbst Kreuz und Kampf ersparen zu können. Aber alles das ist Eitelkeit und Thorheit; auf diesem Wege ist nur Schmach und Niederlage zu finden. So ist es auch wieder in dieser eurer Zeit. Nicht euch dem Zeitgeiste gleichförmig zu machen, sondern durch die Kraft des alten katholischen Glaubens den Zeitgeist zu überwinden, sei euer Streben. Darum erfüllet euch selbst vor Allem mit dem Geist der Kirche, der kein anderer ist, als Christi Geist. Der Kirche und dem Felsen, worauf der Herr sie gegründet, müsset ihr euch um so fester anschließen, je mehr der Feind diese Burg des Heils bestürmt. Bedenket doch, daß die Kirche die Säule und Grundfeste der Wahrheit ist, die Braut Christi, das Haus des lebendigen Gottes, worin alle Schätze der Weisheit und Gnade hinterlegt sind, hinterlegt, nicht wie ein verlorener Schatz, verborgen und vergraben, sondern offen und zu Jedermann's Gebrauch. Die wirksamen Heilmittel für die Krankheiten euerer Zeit brauchen daher nicht erst erfunden, sondern nur angewendet zu werden. Sehet, alle Erfolge, die ich durch die Gnade Gottes errungen habe, habe ich nur deßhalb erlangt, weil ich schlicht und einfältig die alte katholische Wahrheit gepredigt und treu und standhaft die von ihr verordneten Mittel angewendet habe."

„Darum ihr Gelehrten, ihr Doktoren und Männer der Wissenschaft! wollet ihr die Truggebilde der falschen Weisheit eurer Zeit zerstreuen, so jaget ihnen nicht selber nach; gehet bei der Kirche und ihren großen Heiligen und Lehrern in die Schule, wie ich es gethan habe — und ihr werdet weiser sein, als alle euere Widersacher."

„Ihr Geistlichen und Seelenhirten! glaubet nicht, neuer Mittel zu bedürfen, um die tiefen Schäden des euch anvertrauten Volkes zu heilen; ihr habet das Wort Gottes, ihr habet den Katechismus, ihr habet die heiligen Sacramente, ihr habet die Gebete und frommen Uebungen der Kirche, ihr habet die Werke der Barmherzigkeit — wohlan! hierin allein ist alles Heil."

„Unterrichtet nur Kinder und Alte schlicht und gründlich in den zwölf Artikeln des apostolischen Glaubens; präget ihnen nur ein die zehn Gebote Gottes und die fünf Gebote der Kirche; lehret sie nur andächtig beten, besonders das Leiden des Herrn verehren; lehret sie und helfet ihnen die heiligen Sacramente würdig und eifrig empfangen — darin liegt die Heilung der ganzen Welt."

„Und ihr Eltern und Hausväter! fraget nicht weit umher, wie ihr eure Kinder und Untergebenen leiten und bewahren sollt; stehet fest im Glauben, haltet euch an den Katechismus und lasset euch nicht um ein Haar breit durch alle Vorspiegelungen der Welt von diesem geraden Wege ablocken. „Gedenket eurer frommen, weisen und gottseligen Voreltern, welche alle in diesem alten Glauben und nicht in neuen und falschen Lehren ihre Seele in die Hände Gottes zurückgegeben haben [21])."

„Aber wisset insgesammt, daß unsere heilige göttliche und vollkommene Religion, in der alles Heil für Zeit und Ewigkeit enthalten ist, in ihrer Wirksamkeit ganz abhängt von dem Seeleneifer, womit die Priester sie verkündigen, und von der Treue, womit Alle sie befolgen. Eine heilige Religion fordert heilige Diener und heilige Bekenner. Darum erkennet, daß Gott Alles in eure Hand gelegt hat. Fürchtet nicht das Toben eurer Feinde; hoffet und vertrauet auch nicht auf äußeren Schutz und äußere Hilfe; erwartet den Sieg der Religion und der Gerechtigkeit nicht von außerordentlichen Ereignissen und auffallenden Wundern: der Sieg der Kirche

---

21) Worte aus einem Briefe des sel. Canisius an seine Anverwandten.

ist eure Frömmigkeit, eure Tugend, eure Heiligkeit. Das Reich Gottes ist in euch[22]). Die Trübsale dieser Zeit, die scharfen Schläge, die grausamen Wunden, die euch treffen, sollen nur euch aufwecken, damit ihr die Lauigkeit und alles sündhafte und eitele Wesen ablegt, aus ganzem bußfertigen Herzen und mit großem Eifer euch zu Gott bekehret und die Werke des Glaubens vollbringt!"

So — wenn auch nicht mit diesen schwachen Worten — tröstet und ermahnet uns der sel. Petrus Canisius, und mit ihm alle jene großen und heiligen Männer, welche den guten Kampf der Kirche in jenen Zeiten gekämpft haben und denen wir es verdanken, daß wir noch katholisch sind. Nicht mit schwachen Worten predigen sie es, sondern sie selbst sind diese Predigt. Denn es waren Männer des Glaubens, bußfertige und abgetödtete Nachfolger des Gekreuzigten, festgegründet in der Demuth; es waren Männer des Gebetes und des innerlichen Lebens, voller Geduld und Sanftmuth, ausharrend in anhaltender Arbeit, Liebhaber der Armuth und der Barmherzigkeit, brennend von Seeleneifer, sich selbst nicht schonend, sondern sich aufopfernd und im Uebermaße sich aufopfernd[23]) für das Heil ihrer Brüder. Deßhalb war Gott mit ihnen — und so lange das Geschlecht dieser Männer lebte und wirkte, so lange im christlichen Volke die von ihnen gepflanzte christliche Gerechtigkeit und Frömmigkeit blühte und in ihrem Geiste treu gepflegt wurde, ging Alles gut und konnte die Kirche Gottes von Triumphen erzählen.

Allein es kam eine Zeit, wo man anfing von der Erndte, welche jene Männer in Schweiß und Thränen ausgesäet, in Ruhe und Selbstgenügsamkeit zu zehren; wo man nachzulassen anfing in der Strenge gegen sich selbst und im Seeleneifer; wo man begann, mehr auf den Schutz weltlicher Mächte, als auf die Kraft des Kreuzes Christi zu vertrauen, und deßhalb

22) Luc. 17, 21.
23) II Cor. 12, 15.

mehr und mehr die alte Kraft und Einfalt des Glaubens ein-
büßte, mehr und mehr in der Liebe erkaltete. Sowie aber
dieses geschah, wurde die Welt wieder übermächtig. Der Feind
nahm seines Vortheils wahr und, was die Lauigkeit, Ver-
äußerlichung und Verweltlichung der Kinder der Kirche möglich
gemacht hatte, wurde durch seine Arglist und Bosheit vollbracht:
die Entchristlichung der Völker, unter der wir leiden und
die uns mit Schrecken bedroht. Aber möge der Herr
schonungslos seinen Weinberg reinigen! Wenn wir nur uns
reinigen lassen, wenn wir wahrhaft uns heiligen, wenn wir,
während die Welt in blindem Fortschrittswahne ihrem Unter-
gang entgegeneilt, unsere Augen erheben zu unseren großen
und heiligen Vätern, in ihre Fußstapfen eintreten, ihren
Geist, den Geist Christi und seiner Kirche, in uns erneuern: dann werden auch wir Früchte im Ueberfluß bringen
— dann, aber auch nur dann wird endlich in Erfüllung gehen,
was die Kirche am Feste des seligen Petrus Canisius er-
flehet, daß wieder Ein Hirt und Eine Heerde sei!
Das gebe uns der allgütige und allbarmherzige Heiland;
darum flehe zu ihm unser seliger Vater Petrus Canisius
mit all jenen heiligen Männern, die einstens die Kämpfe des
Herrn gekämpft haben; das erlange uns durch ihre mütter-
liche Fürsprache ihre und unsere Mutter und Schirmerin, die
allerseligste und unbefleckte Jungfrau und Mutter Gottes
Maria. Amen.